창문을 닦으면
다시 생겨나는 구름처럼

김유미
전라남도 신안에서 태어났다.
2014년 『시와 반시』를 통해 시인으로 등단했다.
시집 『창문을 닦으면 다시 생겨나는 구름처럼』을 썼다.

파란시선 0064 창문을 닦으면 다시 생겨나는 구름처럼

1판 1쇄 펴낸날 2020년 9월 25일
지은이 김유미
디자인 최선영
인쇄인 (주)두경 정지오
펴낸이 채상우
펴낸곳 (주)함께하는출판그룹파란
등록번호 제2015-000068호
등록일자 2015년 9월 15일
주소 (10387) 경기도 고양시 일산서구 중앙로 1455 대우시티프라자 B1 202호
전화 031-919-4288
팩스 031-919-4287
모바일팩스 0504-441-3439
이메일 bookparan2015@hanmail.net

ⓒ김유미, 2020, printed in Seoul, Korea

ISBN 979-11-87756-76-7 03810

값 10,000원

창문을 닦으면
다시 생겨나는 구름처럼

김유미 시집

구름의 포자로
먼 리듬으로

문득 돌아온
언니들

증언들이 쏟아졌다

차례

시인의 말

해설

제1부

개인용 옥상

꽃들은 지고 옥상이 떠오른다
저녁은 가만히 내려앉아

너를 잠재울 수도 너를 깨울 수도 있는
사물이 울 수도 사물이 웃을 수도 있는
질서를 꾸미고

나는 가만히
바닥을 뒤집어쓴 너를
집게가 물고 있는 빨랫줄의 성질을
익히고 있다

다 증발한다는 사실에 주목할 때

소리치고 싶은 너는 너대로
울음을 물고 있는 집게는 집게대로
먼 세계를 끌어들여 희석시키고 있다

내일의 지번

여기에 도달하려고
우리는 벤치를 놓았다

이곳 벤치가 사라져 주길 바란다
파손된 바람으로 수취인 불명으로 반송되길 바란다
그런데 벤치는 영원해서 뜨거워지고 있다

편의점 커피를 사 오다 저녁을 넘어뜨리기도 하며
나무 아래 쌓아 놓은 하루를 포옹한다
하루를 더 높이 쌓자고 혀를 나누며
부흥하는 벤치가 된다

오래 앉아 있으면 눈이 부셔 온다
눈부신 빛은 일억 광년 전에서 온 부고
부고장의 유려한 문장
그림자가 켜켜이 쌓이는 행간

서로를 아프게 하던 문장들은 모두 어디로 갔지
읽는 맛이 밋밋하다 씹히는 것이 없다

그러나 우리는 헛배를 앓으며 앉아 있을 것을 안다
공원을 걸어 나가기 전까지는 배달될 것을 안다

세비야 남자

고딕 거리, 처음 본 그가 기타를 치며 노래를 부를 때

가방 속 사과와 기타의 거리가 가까워진다
발길을 그에게 내주는
사과가 커다래지고 있다

사과가 커져서 기다리는 버스도 손짓하는 일행도 희박
해지고 있다
그의 눈빛에 휩싸인 내가 나를 몰라보는 꿈을 꾼다

호흡이 체온이 빨간 바람처럼 휘몰아친다 깊은 곳까지
치닫는다 같이 꿈을 꾸자고 그를 옆에 누일 것 같은 그러
니까 더 큰 사과가 되자고 서로의 몸속으로 팔다리를 밀
어 넣고 함께 눈을 뜨기 위해 아침을 기다려 주는 꿈들

사과는 언제부터 여기에 속한 것일까
한낮이 붉어지고 있다
창문은 창문답게 입을 모으고
골목은 이어지는 노래로 넘쳐나고

사과의 둘레가 넓어진다
커피를 들고 있는 손이 단맛에 중독된다

나는 한동안
잠재적인 사과에 대해서 이해하고 있었다
한순간 즉흥적으로 화상을 입을 수 있는
당연한 사과가 되었다

노을에 대한 예의

처음 본 아침노을이었다
입을 수도 벗을 수도 있는
그림자가 떠올랐다

마중하는 문이 더 멀리 나아가 머뭇거렸다
누군가는 울음을 옮겨 적고 있었다

용서가 되는 것들과 안 되는 것들이
그림자의 본질처럼 뒤섞였다

외롭지 않으려면 기대를 하지 마
슬프지 않으려면 떨어져 앉아
그런 말들은
모래처럼 내리는 비 같아서
표정을 부수었는데

집요하게 무성해지던 사탕수수
움켜쥐었던 물방울
불어나던 페이지

너에게 목례하는 아침

시간의 결로 위에 붉게 산란하는 두 눈도 있다
흩어지며 방생되는 통로들
새가 운다 꽃들이 질겨진다

수혈

담벼락 아래 붉은 장미 잎들이 흩날린다
서녘이 당도하듯 바닥은 낭자하고

어지럼증은 고산지대를 넘어온 엽서처럼 피어난다
침대에는 붉은 노을이 넘치기 시작한다

모두 맨발의 방식으로 흘러온
만지면 물러지는 그림자를 펄럭이고 있다
링거 줄을 타고 몰려오는 어느 문장들은

오래전 끌고 온 그림자를 앉혀 놓고
빛의 물결들을 무심히 흔들던 무늬거나
누군가 바라보았을 강의 물빛들이
일렁이는 질감으로 흘러들어 와,

사람을 앓는 빈칸을 겪다 꽃들과 사람 사이를 떠도는 오
지를 겪다 재발하는 구름을 겪으며 전전하는 것은 아닐까

침대 위 핏빛 노을의 처음을 생각하느라 저녁을 과용하
고 있다

몸을 일으키면

누군가 첨벙대며 내게로 거슬러 올라오고 있다

곰팡이꽃

버스 터미널이었고 추웠고
욕설을 하며 빵 봉지를 집어 던졌을 때
우리는 이미 크림빵 쪽을 향해 번져 갔을 것이다

안쪽에서 고요해졌다
냉장고가 세계의 전부인 듯
내부가 되었다

그러니까 아름다운 꽃을 위하여
카페에 마주 앉아 깔깔거리고
손바닥을 맞대어 지문을 나누고
슬픈 영화를 보며 눈물을 예습하고

내 속에 쌓아 놓았던 말들이
넝쿨식물처럼
싱싱하고 집요하게

입술이 피어나는 농담이었을까
헛배 부르는 식욕이었을까

두드려도 발끝이 열리지 않는 곳까지 가면
활짝 핀 꽃이 보관되어 있다
냉장고 문을 닫는다

백 년 후

우리가 손을 잡고 밤 기차 여행을 하며 아이스크림을 먹는 동안

의자는 목적지를 증언했다
철로는 흘러내리고 있었다

더 깊은 곳으로 유인하던 바닐라 향

가방 속에 내 손목 한 개 네 손목 한 개 네 발목 한 개 내 발목 한 개를 쌓고 가장 위에 얼굴 하나씩을 떼어 집어넣고 이것이 너와 나의 관계지 서로 알아보기 좋구나 오붓하구나 마주 앉아 있기 좋고 고독하기에 좋은 공간 아늑하지 않니? 그렇게 말을 하면 나는 따스해졌지

아이스크림을 더 먹을까 했는데
덜컹이는 의자가 시작되었다
목적지도 없이 나는 하차했다

어디까지 달려가고 있을까
애써 이름을 불러 멈춰 세우지 않는다

이름을 향해 손을 한 번 흔들어 볼 뿐
가방을 쏟아 내지 않는다

안녕
다음 역을 생각하다가 다음 역을 잊어버린 듯
철로가 잠들었군요

오늘은 우리의 백 년째 되는 날

어디서 보았더라 고개를 갸우뚱거리며
인연인가요 중얼거려 보는데 빵빵한 가방을 옆구리에
끼고서
나를 지나쳐 간다

손가락을 다 펼쳐도 떨어지지 않는 아이스크림 막대가
있다

이별을 입력하는 수순처럼

당신의 부고를 받았다
비 내리는 국경을 넘어
일곱 시간을 달리는 버스에 동승한 것 같았다
오래오래 생각을 한 것인데

버스와 함께 가라앉을 수 있는 빗속
차창마다 새겨 놓은 문장을 따라 읽으면
무너지는 혓바닥

죽은 식물의 세포들이 번식하는 시간이었다

한낮의 차창에 어둠이 내려 아득해지는 사람
별의 몸짓으로 내려와
무덤가에 장미로 피어난다는
노랫말을 생각하는데

구름은 내 저의에 몰입하다 한낮을 좌초시켰다
귀를 기울이면 세상의 모든 사랑이
빗물을 따라 유영해 가고 있었다

바람은 내륙을 강타했고
버스는 내륙을 관통하고 있었다

작약

우리는 서로에게 가장 얇은 표정
들키기 좋고 들여다보기 좋은

어떤 구간은 마침표가 없어서
꽃잎들이 만발했다

문을 열면
깨물다가 삼킨 우리의 말이
만지작거리다 놓친 우리의 약속이
발효되고 있다

오늘은 방이 되고 내일은 감옥이 될 수 있는 범위

네 얼굴을 접은 표정이
내 얼굴이 시작된 곳에서 서성이고 있다는 소문이
친절하게 들려오고

붉은 작약의 심장이었다고 믿었던 것은 우리의 실수

얼굴은 한 장 두 장 벗겨져

외곽에서 흩날리고 있다

누군가는 떠나고 무언가는 남는다

의자는 숲인 것처럼 포괄적으로 놓여 있다

건물의 저 빛나는 깃발을 위하여
십수 년을 찾아 나섰나 촛불을 켰나

발굴한 유해들의 합동 영결식
웃고 있는 바나나 노래하는 술잔 앞에
소년들을 불러내는 자리

모두 고여 있는 상자가 되어 간다

의자 아래 그림자들을 일으키다가 눕히다가 다시 일으키
다가
그림자가 날아오를 확률에 대해 생각한다

고요를 호흡하는 유물들
순장된 군번들이 되새김했을 어둠들
의자를 펼쳐 꿰매고 있는

제상의 갈변하는 바나나를 덧대어 조화를 만드는 것

이다

　사람들은 왔다가 사라지고
　바닥에는 새와 물고기와 나비와 꽃들이라는 개인적인
성향의 소지품들
　자신의 것이 아닌 풍선 같은 것들

　비워지지 않는 견고한 의자들
　오래전 시간들을 앉혀 놓고 묵념을 하고 있다

봄의 중첩

도로에 사람의 그림자가 누워 있습니다
노루와 고양이의 그림자도 누워 있습니다
다시 그 위로 사람이 눕기도 했습니다

닭들이 실려 가고 있습니다
차가 급정거를 하자 닭 한 마리가 떨어집니다
붉은 볏이 녹아내리는 듯 웁니다
울음의 칸칸으로 그림자들이 몰려들어 날개를 당깁니다
개복숭아꽃이 와글거립니다
와글거릴 때마다 진분홍이 흘러나옵니다
꽃의 잘린 목들은
꽃그늘이었던 자리에 쌓입니다

그림자가 그림자를 벗어 내는 듯
구름이 구름을 통과합니다

허공까지도 조각이 되어
바닥에 뒹굽니다
누워 있는 그림자들 위에 덧씌워지는 닭의 그림자
반기듯 그림자들이 일어서다 쓰러집니다

진분홍이 그림자들 속으로 들어갑니다

2번 보관함

솜털 같은 잠이 잠겨 있다
틈으로 불빛을 들여 안을 부풀리고 있다
여린 잠이 싱싱하게 보관되고 있다

자루처럼 사람들은
띄엄띄엄 밤을 지나가고
아기는 첫 세계를 향해 숙면 중이다

문이 열리면 아기는
나무도 없이 낙과의 계절이 번져 온다는
내일을 눈치채고

어느 날은 눈물 없는 꽃으로
어느 날은 물을 쥐는 주먹으로
힘껏 팔을 뻗어 가는

새벽을 흘리고 있는 사과가
밤의 구멍 난 봉지에서 붉어지고 있을 때

여물지 않을 것 같은 숨이 여물어 가기 위해

가방의 손잡이를 빨고 있다
응어리가 풀리는 물감처럼
눈을 맞추고 있다

모르는 척 지나가는 바람을 그릴 수도 있겠지만
누군가 밤이 내어준 펜을 쥐고
엄마가 맨 처음 꾸었던 악몽이라고 낙서를 해 놓고 사라
졌다

극야

지하를 벗겨 내고 창을 닦고 싶어지면
팔목은 늘 외곽의 이정표처럼 헐거워진다

한 그릇에 담겨 있는 색깔이 되어
단칸에 나란히 누운 동생들은 열다섯 살, 열세 살

동생들의 말이 띄엄띄엄해지는 사이에도
웃어 주는 눈사람, 웃어 주는 쪽창, 웃어 주는 밥솥, 웃어
주는 거울, 웃어 주는 인형

극지에는
벽 속에서 걸어 나온 새까만 한낮,
새들이 얼어 버린 발목을 콕콕 찍으면 빛들이 흘러내린
다는
구전이 있다

이곳에서 반짝이는 눈을 가진 것은
밖과 안을 묘사하고 있는 쪽창이라는 기관
한 명 두 명 세 명……

우리는 밤하늘의 새로운 은하계로 발견되었다

두고두고 서랍으로 기록될 범위
느리게 진행되는 밀실의 공기가
되풀이되고 있는

제2부

로즈볼 나프탈렌

서랍도 코로 빨려 들어올 수가 있습니다
그때 나는 사진 속 당신을 내밀어 보는 것입니다

약해지는 내 악력이 보입니까
이목구비는 사라지고 피부만 풍겨 오고 있습니다

빈자리 하나가 광활해지며 서쪽으로 자리를 내고 있습니다

외부도 아닌 껍질도 아닌 잎들

나란히 서서 줄장미와 함께 골목을 인화했었나요

붉은 잎을 따서 손등에 박박 문지를 때가 있습니다
문지를 때마다 뛰어가는 골목
당신이 삐걱거립니다 내가 비좁아집니다

줄장미가 번져 가는 계절
통증이 확산되고 있습니다

골목의 효능

줄어들거나 늘어나는 신축성의 기원

골목이 마당까지 뻗어 온다

둘이라는 구조 중에서
벽들을 허물어 버린다면
그것은
사라지는 것일까 확장되는 것일까

소리 지르는 고함으로
흐느끼는 등으로
기침하는 창문으로
벽을 쌓아 올리지만 않았어도
오래 머물렀을지도 모른다는 말

진실이 거짓을 뒷받침했다

네가 사라진 것은
짧아진 골목과 커져 버린 주먹

손가락이 가리키는 모퉁이나 그늘처럼 견고한 내성
자라는 넝쿨이나 다리가 되어
감았다 풀어놓는 진행형으로 성장한다

그릇이 자라는 마을

풍경들은 순종적으로 확산된다

빈집들이 늘어 가는 마을
그릇이 버려져 있다

누군가를 마주하고 앉아 있는 눈동자가
공터를 횡단하는 바람처럼
깊어 간다

그릇에 목젖이 돋아 풍경을 발성하면
지붕 위 햇살들은 바르르 몸을 떨었고
시간은 부르튼 입술로 허공을 뱉어 냈다

이때부터 식물성의 유전이 생겨나나
어딘가로 흘러가 번져 가고 싶은

골목을 밀고 나오다 뜨거워졌을 개미들과
식탁을 마주하며 목례하는 기억들
무성해져 넘쳐흐르게 만들었나

돌아선 안녕이
이목구비가 없는 것처럼 어슬렁거리다
그릇 하나를 상징으로 놓고
결별하지 않는 약속이라고
사방에 퍼뜨리고 있나

의문

지갑이 사라졌다
가방 속에는 누군가 넣고 간 검은 별들

어쩌면 구름의 별칭이었거나 줬다가 빼앗아 간 마음이
거나
보이지 않는데 다가오는 사람들을 더듬었다

질서인 것처럼 휘청거렸다
시간인 것처럼 원근이 되었다

어제는 누워 있는 절벽이 따스하구나 속삭이다가
오늘은 문득 일어서서 걸어 나가는 법칙

빳빳해진 공기는 어디로 퍼지나
언덕 위 집들이 주저앉는다

백 년 밖으로 사라지고 있겠지
나는 바람의 꼬리로 악어 무늬를 새겨 놓고
꿈틀대는 꿈의 일종이었다고 메모를 하겠다

오늘을 연대하는 거리와 인파들

맞잡았던 손들을 앓는다
가방을 휘저으면
검은 별들이 달그락거린다

수납장의 규칙

문을 활짝 열어 들여다보고 싶어지는 저녁
내게서 돌아눕지 않은 적재물들이 있다
떨리고 무겁고 그렁그렁한 것들이
엎치락뒤치락하는 칸칸들의

어둠이라든지 아득함이라고 항변할 수 없는 것들
드라이플라워 냄새 같은

수납장은 바람과 구름을 풀어 카푸치노 행세를 했다
안녕하고 손을 흔들며 머그컵을 내밀었다
나는 잡혀 버린 손님이 되었다
침묵하던 의자가 오래된 시간을 휘저었다

모든 무덤으로 가는 길목의 문패인 것들
과녁을 찾지 못하고 묵묵해지는 상처들
답장이 오지 않는 주소들
과거로부터 전해 내려온 경고문들까지
먼지를 뒤집어쓰고 숨 쉬고 있는

어느 날 문득

문을 열면 거기 언덕이 구름이 바람이 꽃나무가
버티고 있었다

베란다라는 지명

바라볼 때마다
그곳에 있다

절벽처럼 화분처럼 놓여 있는 오래전의 사람

날아가지 않고
뛰어내리지 않고

영구적인 타일이 되어 간다

건조대에서 팔다리를 펼치던 저녁

왼쪽에는 새가 쪼다 남은 발자국 하나 떨어져 있고
오른쪽에는 발자국을 세우고 싶은 바람의 기둥

문을 열면
우산처럼 피어나
맥박들, 체온들을 받아 내다
꽃잎처럼 저물던

견디는 방식으로 자라난
일찍 피어난 고요들, 패인 지문의 깊이가 같은
문을 닫으면
화분 속 뜨거워진 뿌리가 불러 모은
세상 모든 울음들이 잠을 자는 밤중

자두

어디서부터 붉어졌을까

식구들은 돌아오지 않고 그림자는 서쪽까지 자라난다
문을 사이에 두고
아이는 모자를 잠재우고
새는 구름의 모서리를 파헤친다
노을이 제 눈의 혈관을 가리킬 때
어둠은 아이의 눈물 자국을 닦는다

자두라는 관습을 익히기 시작한 것은 그때부터다

한입 베어 물면 입안에 전해지는 맛들
제 발길에 걸려 넘어지는 고양이의 울음, 이물감을 쏟
아 내는 수도, 나뭇가지에 걸린 다문 입, 인형의 머리에서
빗질되는 허공

구구단을 외울 때 불어난 틈들이
바람의 처마 아래에 쌓인다

닫을 때 포옹하고 열 때 경고하는 것처럼

삐걱대는 소리는 오래된 정의

울음을 삼키면 물러지는 나무가 생겼다

온몸이 붉어지는 생들이
세상의 뒷문에서 첫발을 떼기 시작했다고 생각하는 동안
저녁은 길을 잃은 자들의 숨결로
문밖을 배회했다

연기의 지점

서쪽이 몰려와 저녁을 지피고 있었다

굴뚝에서 피어오르는 연기를 보았을 때,
두 눈에서 켜지던 세계

팔을 휘저으면 고인 흐느낌들이 발목도 없이 걸어 나왔다

누가 사는 몸이었나?

겨울이 두 살을 밀어 올렸고 손가락 사이에서 나무가 자
라나 바람을 흔들다 떨어뜨리곤 했다

한 발짝 두 발짝
유목의 길에서 만난 생의 난간
그 위에서 나를 부축하던 질서들
살들이 외로워서 흘릴 게 많아졌다

왼쪽 눈을 감으면 오른쪽 눈이 아팠다

찌익 늘어나는 솜사탕도 있고

쑥쑥 깊어지는 울음도 있다
부력의 날들이 공중으로 부양되었다

어디까지 갔니?
여기까지 왔다
발자국이 번지는 소리가 되어
해 질 녘까지 치솟는 그네

새의 감정

할머니와 둘이 사는 것은 슬펐다
내 속에 누군가 버린 새가 살고 있다
숨을 쉬기 위해 영화관엘 갔고
가칭 투명이라고 했고
그날의 새는 불투명해서 날아가 버렸다

사람들은 모르는 눈치였지만
팝콘을 주문받은 아르바이트 언니는 눈동자가 그렇게
우울해도 되겠어? 라며
흰 구름을 권유했다

영화를 뒤집어 새를 불러냈다
허공의 줄거리에 초점을 맞추고

다시 얻은 새에게 흰 구름을 떠먹이는데
노랗게 물들인 내 머리카락이 자랐다

주머니 속 내 영혼을 만지작거리면
캐러멜처럼 끈적이는 손바닥

할머니 곁에서 꿈이라고 애교 떨고
화분 곁에서 예쁘지 예쁘지 속삭이다가
내 곁에서 거품이라고 풀이 죽기도 했다

벼랑을 다른 이름으로 바꾼다면 굳어 버린 날개라고 입
버릇처럼 말하는 할머니

안 들리는 척 창밖으로 새를 날려 보는데
돌아와 옆구리를 당겨
위험한 사이가 되기도 했다

여진

뒤를 돌아보니 아무도 없다

밤의 유리병 속에는
흩어진 꽃잎들
웅크린 요일들

너무 아파서 죽지 못한 유령들

고였다 일어서는 묘지의 바람처럼
간간 휘몰아쳤다
꽃봉오리의 고요로 차올랐다가
오렌지의 알갱이처럼 툭툭 터지기도 하며

본적지를 찾아가는 것일까
누군가는
몰려다니는 구름을 낚아채 골목을 뒤집어씌웠다
구름 속에서 숨소리가 쏟아졌다

다시 누군가 의자를 훅 불었다

모자 이전

모자가 희미해지면 고독한 살들이 붙었다
닿지 않는 기별만 쌓여 갔다

식탁에 앉아서도 모자를 벗지 않는 사람

가뭄 같은 날들이 파 내려가는 모자를 위해
순정같이 흩뿌려지는 호흡을 위해
숟가락을 쥐고 의자를 독대하고 있다

무덤도 아니면서 무덤인 것처럼
가라앉았다가 떠오르는 날들을 뒤집어쓰고

핏기 없는 입술로
화분에 물을 주듯이 돌에 물을 주듯이
입꼬리를 올렸다가 내리고 있다

머리는 더 이상 머리가 아닌 듯
안을 텅텅 울리며
한기를 방출하며
다 먹은 그릇을 싱크대에 옮기고 있다

의자의 현재형

좀 추워요 대답하면
의자의 체온을 나눠 줄 것처럼

사람의 몸으로 떠났다가 바람의 몸을 얻은
사람의 말을 익히다가 귀를 잃어버린
감각할 수 없는 의자가 건너온다

갯내가 골목에 들어차는 마을

나는 반팔 티셔츠를 입고
노파는 외투를 걸치고
내게 춥지도 않냐고 묻는다

해녀였던 노파가 오래 앉아
파도의 잔해들을 뒤적이면
바다에 가라앉힌 호흡들이
건져 올리는 조가비들이

억만년 후의 골목을 위하여
골목과 골목 사이에 수장되어 있는

의자는 더 이상 파도치지 않는다

모든 것은 희미해지는 얼굴 뒤로 숨어들어 간다

세계를 채우던 개체들이 떠난 자리
새가 바람을 뿌리고 지나간다

연필의 영구성

굴러가던 연필이 마당에서 멈춘다 의자에서 멈춘다
거기 앉아 술병을 뒤집는 아버지 거기 앉아 우는 어머니
내력이 골목에서 깎여 나갔다

나는 짙은 눈썹을 가졌으나 희미한 문장으로 자라났다

무르고 헐거워서 무너지고 날리는 특성을 가졌다
그것은 바람들에게도 전이되는지
바람을 인내하고 있는
사과나무도 고양이도
물컹한 풍선이 되어 새어 나가는 소리에 귀를 기울였다

무른 내구성을 가진 문장의 단면들
훗날 저 짓무른 사과는 내 문장들의 행간으로 떠올라
부유할지도 모르겠다

누군가는 막다른 길에서
섬 같은 마침표를 찍으며 문장을 완성했다는 소문이 들
렸다

나는 문장을 완성하기 위해 골목을 따돌렸다
절룩거리는 신발이 바닥을 다 기록할 때까지
돌아다보지 않았다

늙어 가는 내가 지워지고 있다는 연락이 왔다

술래

빛들이 눈을 쪼아 빠져나가는 증세
의사는 빛의 부리를 뽑는다는 약들을 처방해 주었다

한 달째 밤이 지속되고
다시 돌아올 거라는 새에 몰두하는데
내게서 멀어지고 싶은 것들이 늘어난다

슬플 때마다 뼈를 현처럼 뜯던 통증이
고독의 휘파람을 불던 기다림이
접질린 발목으로 멀리멀리

운동장에서 들려오는 종소리 친구와 다투다 우는 아이의
울음도 그 자리 그곳을 벗어나고픈 새의 윤곽

모두 어디로 떠나가는 날들

더듬더듬 밥을 먹고 더듬더듬 세수를 하고
돌아와 돌아와 주문을 외워도
기다리는 새는 돌아오지 않는다
독해되지 않는 내용물들이 전자레인지 속에서 해동되

었으나
　　새가 되지는 않았다

　　누구의 영혼 속으로 들어가고 싶은 것일까
　　자꾸만 눈을 밀고 나가는 것들은

제3부

생일

골목을 배회하는 고양이처럼 집들의 곁은 멀다

어둠에 대한 처음의 언약들을 발음해 보는 가로등
고양이의 등뼈처럼 불빛이 휘어진다

얼룩을 지우며 어두워지는 손가락
몰려온 구름은 무엇을 지우느라 어두워지는 것일까

오늘 나를 쏟아 놓고 유기해 버린
먼 먼 그녀의 행방을
울음이 굳어 버린 고양이의 이름으로
처음의 언약들을 발음하는 눈빛으로
묻는다면
나는 너무 상투적이 되겠지

골목이 내 이름을 물어 온다
언제나 내 앞에는 행간처럼 긴 침묵이 별칭으로 붙는다

절룩이는 고양이의 그림자를 불빛이 핥는다

창문을 닦으면 다시 생겨나는 구름처럼

초인종이 울리며 택배가 배달된다
나보다도 먼저 달려 나가는 언니라는 얼룩

나는 죽은 언니의 호적을 물려받은 사람
창문을 닦으면 다시 생겨나는 구름처럼
바람이 입안을 맴돌았다

언니는 후렴처럼 불린다 공중의 틈, 어디를 헤맸나 새
의 깃털을 들고 와 나누어 준다

언젠가는 지쳐 있는 나를 잠재웠다가 깨워 주기도 했는
데 뒤돌아보면 흔적도 없고 화단의 꽃잎만 흔들리고 있었
다 유난히 붉은 그 잎은 그날도 그렇게 흔들리고 있었는지

참아야지 어서 자라야지 속삭여 주었다
나를 여닫다 희미해지곤 했다

세 살 어느 봄날 폐렴을 앓고 있는 전설
쑥쑥 자라나 뒤덮고 있다

순한 마음으로 닦는 창문
웃음도 울음도 아닌 감정들이 기웃거리다
사라지곤 했다

그림자를 놓아두고

식용유를 넣어야 할 때
물엿을 넣고 있는 여자

여자는 요즘 발에 신어 보는 기차였을 거라는
오래전 꿈을 깜박거리고 있다

십이월의 역에서 펫을 태워 놓고
일월의 역에서 너를 내려놓는 날들
빈자리가 되어 떠다녔지

어느 곳으로도 닿을 수 없는
누구에게도 줄 수 없는 그림자를 놓아두고

공중을 칼집 내는 새들도
무릎 나온 바지의 늘어진 관절도
묵묵해지는 저녁

죽은 아이가 내려와 나뭇가지에 앉나
멍한 창밖 나무들,
이때 물엿은 잎으로 변이되어 가는지

줄기 뻗어 가는 냄새가 피어오른다

여자는 자신이 부레를 머금은 식물인 듯
혀끝에 허공을 올려놓고 열었다 닫는 동작을
되풀이하고 있다

교실

아직도 닫혀 있다 아이가 앉아 있다
표정이 넘어가지 못하도록 표정을 표정으로 봉하는 표
정을 지으며

기울어지지 않고 멀어지지 않고

고체가 되어 가는 것이다
교탁을 두 번 두드리는 선생님을 바라보지 못하고

오늘은 진자리를 상상하는 꽃 고독해서 흩어지는 구름
이라고 생각하다 오늘로부터 멀어지면 점프하는 의자 날
아가는 올챙이 만개하는 창문

밖의 나무들은 냄새가 없는 냄새처럼 경계를 넘어간다

발효되어 떠오르는 풍선도 있겠지 넘어갔다 돌아오는
서쪽처럼

멀리 와도 자라지 않는 아이가 있다

훌쩍이는 의자가 되었다가
교실을 쥐었다 펼치는 주먹이 되었다가

누군가 부르는 내 이름이

병원 대기실에서 기다리는데
낯선 이름 하나가 귓가를 스쳐 간다
이름은 한 사람으로 다가와서 다중으로 사라졌다

이름을 벗기면
돌아가는 어지럼증이 되었다
혼자서 가다가 뜨거워져서 우는 낯섦 같았다

헛바퀴가 되어 주저앉는 이름
부르는 이름이 내 이름인지도 모르고
불쑥 손을 내밀어 잡아 주고 싶었다

이럴 때 이름이
내 말을 잘 들어 먹는 명사 같구나
생각한다면
어딘가에 세워 둔 우산의 기다림에
어딘가에 새겨 놓은 마음의 이면에
끝내 다다를 수 없는 것이다

내가 두 귀만 남아

몸만 일어서면

이름은 비척비척 앞으로 나아가는 것이다

기일

오래전 그 방에 들어 밥상을 마주합니다

오빠는 등록금을 다 써 버리고 앉아 있어야 합니다
언니는 머리카락을 움켜쥐고 동생과 싸웠어야 합니다
꿋꿋하게 집을 휘저어 놓은 국자들로 변형되어야 합니다

아버지는 젓가락으로 방을 헤집기 시작합니다
나는 국물을 흘리는 국자가 됩니다 눈빛을 건너뜁니다
목에서 생선 가시가 살아 움직입니다

일용할 양식을 반복하는 일처럼
어제 했던 말을 오늘 다시 할 수 있고
어제 놓인 반찬을 다시 놓을 수도 있습니다

우리는 밥상을 증식시켰습니다
꾹 다문 돌들을 뱉어 냈습니다

침묵에 달궈진 방이 넘칩니다
국물이 식어 가고 있습니다

오월

우리가 서로의 귀를 틀어막고 내일을 생각하면
불안한 귀들이 잠드는 손들이었는데

없는 얼굴을 만지면 그리움보다 먼저 벽이 흘러내립니다
시간이 옹벽을 만들고 있습니다

모두 아파서 모두 우리가 되었지만
애인은 농담 같은 총구 앞에서 꽃이 되어 버린 것

그 벽을 언제 다 오를 수 있겠습니까
시간의 벽들은 무성하게 자라는데

울컥 올라오는 넝쿨들을 달고
어디만큼 가고 있는 것입니까

강

열 살 친구가 물에 빠져 죽었는데, 마을 어른들은 잘 죽었다고 수군거렸다

잘 죽었다는 말의 어원은
영양실조 걸린 낮별 같아서 어지러워지는 손이 생겨났다

친구는 자신을 따돌리는 제 이름의 근성을 작약 꽃잎을 띄워 묻고 있나 꽃잎들이 떠다니고

물결은 숨을 뱉어 내며 수군대는 공중을 돌렸다 방향을 지워 갔다

콧속에 들러붙는 솜사탕 같은 끌림도 있지

강물이 수북한 밥그릇으로 깨어나고 있다

그때나 지금이나 바람의 귓바퀴를 잡고 안녕 안녕

누군가의 체온이 합류해 만수위가 되는 세상의 강들

유기할 수밖에 없는 구름도 있지만 두고 갈 수밖에 없는 장소도 있는 것

없는 강을 건널 때마다 젖은 신발을 신는 법과 잠들지 않는 방식을 터득해 나갔다

크래커

등장인물을 다 적어 놓고
틀어진 어제를 맞추어 본다

라디오의 잡음 같은 날들
아이와 소녀와 여자라는 언덕들

관계들은 깨물고 오므리고 감추고 펼쳐 보는 손가락의
방향으로 걸려 있다

눈동자에 굴러다니는 크래커의 부스러기들을 긁어모으
고 싶어질 때

생각할 때는
희고 굵은 이빨이 되어
말끔하게 구워진 크래커의 낯빛으로

중심에서 멀어져 가는 시간들을 찾아
초침들의 거리를 측량하는 남아 있는 술래들
크래커를 생각했다

골목이 달아나고 지붕들이 들썩거리고 햇볕이 뛰어내려
부풀던 얼굴들

나뭇가지 위로 머리 위로 내려앉아 깔깔대는
동요들처럼 흩어지기 바빴다

소포

겨울의 굴뚝과 연기가 포장된 저녁이었다
첫발을 떼어 문밖을 내딛는 아이가 있었다
나는 그곳에서 발송되었다

멀어지고 깜깜해졌는데
두리번거리는 지번들이 늘어나고 있다

발송하는 기점에서 보면
나는 오래 떠도는 공간
떨림으로 침묵으로
멀리 가면 주저함으로

어떤 날은 나라는 그늘을 받아들고 머리를 파묻었고
어떤 날은 나라는 변방을 받아들고 상자를 흔들고 있었
다

타인이라고 일컫는 집의 현관들은 견고하고도 물컹했다
부재하는 초인종들이 늘어났다

허공을 받아든 새들은

중력을 거스르며 틈새로 스며들고

나는 상자들을 생각하다

누군가에게로 기울어지고 싶은 현상이 생겨났다

가습

건조한 밤을 지나서 온다
미끄러지면서 온다
나는 희미해지다 튀쳐나가고
몇 알의 알약으로도 잡혀 오지 않는 내가
몇 시간째 나를 기다리는 동안

열리면서 부서지는 통로처럼
창고와 우체통과 어느 저녁이 있는
기다림의 출구를 향해 가고 있다

표정이 바뀔 때마다 숨소리들, 몸짓들의 무게로
부풀어 오르는 벽들
덧났다가 아물었다가
모르는 척
위증을 하고 싶었다

우체통의 편지들이 흩날린다
누군가를 위해 서성였을 창고의 문들을
떠도는 고백이라고 생각해 본다

손가락은 어딘가를 향해 자라나고
문들의 소임이 많아진다

밀실의 말이 되어 흘러나오고 있다
몸을 벗는 뱀의 허물로
분해되는 이름들의 무게로

기억을 풀어 수혈하고 있다

바람의 경로

그러니까 손을 흔들어 인사했는데
내게서 문득문득 두드러기로 발병하던 언니였다

바람이 일었고
바람은 정처인 줄 알았는데 발자국이 찍혀 있는,
허공과 지하로 연결된 계단이었다
그곳에서 하이힐의 발자국들이 우수수 떨어져
쇳물의 온도로 굳어 가고 있었다

난간에 달려 늘어지는 빗방울이나
흩어지며 부서지는 구름들은 모두
어떤 소식 하나를 받아든 심장이 맥을 건너뛰는 증세
였다
눈동자 하나가 날아와서
사과가 붉어지고
그 모습 그대로 심장이 되어
데칼코마니 한 점이 완성되어 가는

아이스크림 같고 불안 같고 오해 같은 세상의 모든 바람
속 계단들이

배회라는 어원이 되었을지도 모르겠다

이국의 처마 아래 죽음과 나란히 누워 있는 언니라는
기별이
개복숭아나무 가지에 달려 흔들린다
가지와 가지 사이
꽃의 빛깔로 빠져나가고 있는 눈빛이
나를 붉게 물들이고 있다

육교주점

사내는 백화점 쇼윈도에 눈이 베인 구름을 만났다
어디든 거처가 되는 구름과의 포옹을
사람들은 익숙한 만남이라 불렀다
만남 후 구름이 사랑하지 못할 여자와 아이가
골목을 서성이는 꿈을 자주 꾸었다

빛바랜 안내문처럼 우두커니 서 있는 사내,

여자와 아이의 이름을 부르면
구름은 질투하는 구름이 될 텐데
떠나는 버스에 태워 보내고
사내는 손을 흔드는, 고개를 숙이는
정류장으로 남아야 되나

술을 마시는 육교의 계단
일과 집과 사람들을 빼앗아 간 울음을 이야기할 때
구름은 제 울음을 수소문하는 발길이 숨이 차오른다 하고
사내는 육교 밑을 지나가는 앰뷸런스가 숨이 차오른다
한다
천 년 전 여자와 아이를 세워 놓고

이목구비를 뗐다 붙이곤 하는 구름

육교는 다양한 울음들이 오가며 성황을 이루었다
가끔 구름이 먼발치에서 육교를 바라보다 되돌아갔다
구름과 사내는 모르는 척, 안 아픈 척
서로의 지병을 다스리는 사이가 되자는
밀약을 했다

구름의 보폭

그녀의 눈을 들여다본 적 있다
밤의 우주를 걸어 다니는 눈빛이었다

선천적인 맹인은
소리나 냄새 촉감으로 꿈을 꾼다고 한다
그러니까 나는 엘리베이터나 혹은 거리에서
일 초도 그녀에게 얼굴이 될 수 없는 사람

그녀가 아파트 공원 트랙을 돌고 있다
나를 스쳐 갈 때 몸을 비끼는 옷깃 소리, 뒤꿈치를 들던
숨소리, 먼 곳을 바라보는 발자국 소리들이 흘러내렸다 살
짝 바람이 불어 젖내 흐르는 사월의 냄새가 머릿결에서 미
끄러져 트랙을 따라 감겼다 풀리곤 했다

또렷한 지팡이 소리를 내며 그녀가 멀어진다
그녀의 걸음은 언제나
모퉁이를 돌아가는 구름의 보폭인 듯
금빛 치어 떼를 몰고 오는 달빛인 듯
옮겨 다녔다

제4부

사주

돌아누운 토끼 인형은 돌려 눕혀도 등이었다

태엽을 감으면 녹이 묻어 나왔다

태엽을 놓치면 창문들이 흔들렸다

창문 아래로 모래가 쏟아졌다

모래는 피아노의 흰 건반과 검은 건반 사이로 흘러들었다

입술들이 가지에 박히는 저녁이었다

여름의 나무 위에 핀 눈꽃의 고독

앉은 자리마다 구덩이가 되어 걸어 나갔다

신발이 헐거워졌다

오늘은 어느 쪽이 옳은 방향입니까?

소리의 거처

바퀴의 소리는 줍고 바람과 비는 흘려보낸다
굶주린 고양이의 이마에 찍힌 붉은 직인

벽은 편식하는 입맛을 가졌다
소리를 집어삼키는 거울의 식이요법처럼

흩어지는 구름의 감각으로 서 있는 그녀를 보았다
방음벽이 시작되는 초입이었다

열병을 앓아 소리를 모두 삼켜 버린 그녀였다
그러니까 붉은 부리 새 한 마리가 웅크리고 앉아 소리들
을 낚아채 가는
소리를 발라먹은 발톱이 그녀의 내벽을 긁으면
으으으 어어어 소리를 내며 남은 뼈다귀를 핥는

단추들은 생의 난간에 매달린 자세로 소리들을 채웠다

어떤 블랙홀은 다가오는 별을 찢어서 조각들을 흡입한다
그녀의 숨소리와 시선의 끝에서 굽어지고 해체되어 묻
히는

소리의 질료들

표정으로 세상을 읽는 비밀도 있고
비상구가 없는 경고음으로 오는 발설도 있다

내내 바람의 아우성이 다녀가고 비는 절름거린다
매미의 울음까지 당겨 와 저장하는 벽이 있다

오늘의 내부

화분에 이름 하나를 심었다

울컥 피가 돌았다
착각하기 좋은 조건이었고
그림자를 심기 좋은 여백이었다

상자에 넣어 둔 시간이 부패하면 달 속에 세워 둔 얼굴이
살아나던,

빛의 방향으로 옮겨 가느라 발걸음이 꿈틀댔다
고개를 내미느라 목이 기울어졌다

뭉클 골절되는 방향
골목에 흩어진 우리의 노래가
빗자루에 쓸려 가는

밤의 조력자들이 그 자리를 대신했다
거울이라고 불리는 내력들이
조용히 비를 맞으며 젖고 있다

어제를 과용하느라

소파가 쏟아지겠다

달이 동나겠다

화분에서 얼굴이 떨어졌다

되돌아갈 준비가 안 된 표정이었다

돌아오는 복숭아

겹쳐지고 있다
깊이를 가진 구조가 되었다
그것이 형식이 되어
두 볼이 빨개지고
안팎을 옮겨 다니는 과즙이 되었다

같이
얼어붙은 강을 호호 불어
달콤한 입술을 만들었다
겨울은 치명적이었지만
따스하게 회귀했다

가지들이 마디를 키워
무성한 체온이 창문을 덮었다

집약적으로 붉어지던 과수의 날들
복숭아를 들고 멀리까지 왔다

무언가를 지워도 무언가는 남아 바람을 재촉했다

발목이 빠지는 구역을 깎으면 손가락이 짓물렀다

우린 포크처럼 아팠고 단내를 풍기며 아득해졌다

자율신경실조증

태초에 투신한 새들이
불구가 되어 내 등을 쪼았다

외로워져서 신발이 번졌다

밤을 지나가면 서쪽이 동텄다
금 간 발자국들
빈칸을 잃는 골목

무엇을 키우는 것은 아니었지만 먹이를 주고 있다는 느낌

새들이 행진한다는 소문이 들려왔다

새들은 어디까지 날아가나

여기 모여라 외치면
부리 붉은 새들이 벽을 타고 올라왔다

밥을 먹는데 발자국만 수북한 그릇

새를 뒤돌아보면
제 발자국들을 쪼고 있다

숨을 쉬기 위해
처음 보는 풍경을 받아 적고 있다
처음 서는 절벽을 부숴 먹고 있다

고스트 신드롬

여자와 나는 몸을 바꿔 입는 관계
그러나 나는 여자를 모른다

나는 여자의 노트북을 펼쳐 메일을 확인한다
나는 여자가 지어 놓은 밥을 차려 먹는다

포만해진 배를 만지며
안락을 이해하고 있다

빛들은 화초를 세워 적막을 쌓았고
나는 담배 연기를 내뱉으며 적막을 질식시킨다
집의 세간들이 나를 목격한다

한낮을 앓고 있는 내 영혼의 꿈은
여자가 밥을 지어 놓고 웃고 있는 집

뿌리 속을 파고드는 습성으로

식탁에 내 몸을 차려 두고 소파에 내 체온을 뉘어 놓고
나가겠지만 여자는 나를 몰라볼 것이다

길들여졌다는 말은 발밑을 따라다니는 허기처럼 매일
매일 질겨지고 있다

  그제는 엄마가 되어 주름살이 깊어지는 집 어제는 딸이
되어 투정을 부리는 집

  여자를 벗어 내고 나오면 바람이 홑겹처럼 들러붙었다

부재

대문이 나를 열고 있습니다
지금부터 한 가족이 되어
역할 놀이를 하겠습니다

할머니는 배고파 울고 있는 아이들만 낳으세요
오늘은 다산이었으나
내일은 불임의 날들이 올지도 모르잖아요

아버지는 계속 숨어 있으세요
할머니가 달을 불려 밥을 짓는 동안
다시 똬리를 틀고 앉아 암탉이 되는 동안
나타나지 말아 주세요

아귀가 맞지 않는 공중이 사과나무에서 열리고

동생은 사과를 반으로 갈라 두 볼을 만듭니다
단단한 울음이 터집니다
울지 마 새야
나는 두 볼로 날개를 만들어 서랍에 가둡니다

어머니 어머니는 아직 골목을 빠져나가지 않으셨어요?
골목이 끊어지기 전에
새벽달이 발설하기 전에
속도를 내라고 했잖아요

우리는 노련한 주인공들
새는 언제쯤이면 공중으로 돌아갈 수 있을까요

천막의 미래

언니는 앉은뱅이 의자에 앉아
바람 든 무를 납작납작 썰고 있다

중첩되어 펄럭이는 내부

넘어지는 내일의 뒷전으로
언니의 열일곱 살은 바람 소리를 내며 내려앉았다

나는 뒤돌아보는 목 근처와 입에 넣어 준 무 사이에 귀를
놓았다

언니가 넣어 준 것은 무가 아니고 폐를 저미는 칼질 소리
어느 날은 낭자했다가 어느 날은 증발했다
내일보다도 더 멀리 나아가 지붕을 동강 냈다

신발이 방향을 바꾸어 흘러가는 날들

내놓을 것이 없는 얼굴은
목차도 없이 차가워져서 나보다 어린 언니가 되어 있다

나를 보고 있는 거야?
애꾸눈은 입안의 무즙처럼 친근했다

조각난 바람들의 거처

앉은뱅이 의자는 나갈 수가 없어서

칼질 소리가 천막을 지탱했다

망고는 괜찮아요

엄마를 사칭한 구름이 쏟아져요
함께 먹던 망고는 노란 현기증이 되었네요

빈 접시를 퍼 올리는 포크의 형식
낮의 골목이 달아나고 있어요

회사를 그만두었더구나 친엄마를 찾아 네 이름으로 돌
아가길 바랄게
양부모님은 좋은 분들인데 탁자 아래는 오래전 엄마를
파먹던 시간들

얼굴 위에 입술을 얹어도 완성되지 않는

노을의 망령이 들기 전까지는 망고의 생명력을 믿어 볼
게요 담장 너머로 열매를 떨어뜨리는 뿌리의 어둠을 신뢰
할게요

가끔 영혼을 차압당했다는 생각을 하면 막다른 골목이
나타나요

아가야 아가야
내부로만 유도하고 있어요
얼굴은 보이지 않고
더 먹어라 더 먹어라
소리만 들리는 엄마

서른 살을 앓고 있는 망고가 보이나요

과즙처럼 얼굴이 묻어 나와요

후렴

할머니는 자장가를 부르다 말고
쳐 죽일 년 집을 나가?
죽은 네 아버지만 불쌍하구나

가라앉은 바닥을 건져 내기 시작했다
골목이 울다가 잠들 때까지

죽은 새의 부리를 물어뜯는 것처럼
썩을 년 집을 나가?

계단은 밤새 달을 오르내렸다
달의 한가운데 무릎을 심어 놓고 돌아왔다

누워서도 꼿꼿하게 물구나무서기를 하고 있다
불러도 끝나지 않을 노래
무릎은 쑥쑥 자라고

떠도는 계단들이 얼굴 안으로 돌아오는 시간

혼자만 아는 리듬을 듣는다

멀리 가도 그 방으로 연결되는 계단은
끊어지지 않았다

어디인가요

기념품을 구경하다 일행을 놓쳤다

중세 건물이 즐비한 골목을 뒤져도
보이지 않는다

저녁의 성당 종소리가 뾰족해진다

정처라고 불리어도 좋을 불빛들이 몰려다닌다
발밑에는 급조된 난간과 길의 화살표를 우회시키고 있는
광장

오독도 정독도 아닌 정처의 내막

가장 넓은 바닥이 생겨나 가장 먼 이웃들이 발생된다
때 묻은 포크에서 튕겨 나온 시간처럼
진열된 골동품의 먼지가 되어 가는 기분

정처는 빛의 거리만큼 영구적이라고
귀를 부풀리는 꽃의 노래만큼 기능적이라고
무국적 상인에게 흥정이라도 하듯

내 기분을 투척할 때

발끝은 건물들과 함께
한 발 두 발 붕괴되어 갔다

현수막의 무게

터널 입구에서 펄럭였다
오늘의 날씨는 바큇자국을 남기며 지나갔다
눈보라가 흩날렸다

아이가 사라지자
꽃봉오리라든가 붉은 과일들이 탄알처럼 솟아올랐는데
복구하는 길들의 내막은
땅속 깊이 매설된 송수관의 내용물

오래전에 시작된 것일수록 초점은 흐려진다
반쪽이 되어 멀어지는 사과처럼

눈보라의 혀에서 휘날리는 옷자락
아이는 그 혀끝의 방향에서
맴도는 이름들을 뚝뚝 흘리며 나아갈지도 모르겠다

가장 밝은 눈과 귀가 되어 가는 과잉의 술래
발각되고 싶은 침묵
연락처가 꿈틀거렸다

새들이 공중을 버리고 내려앉는 저녁이었고
눈 때문에 현수막이 넘쳐나고 있었다

엄마를 감고 부풀어 오르던 아침처럼

구름을 벗어 내며 눈이 내려요

멀리는 눈발들의 비명, 가깝게는 식탁 의자
가슴으로 흘러 다니다 쓰윽 잔을 내밀며 오는 먼 옛날의
엄마,

엄마를 앓게 되는 아침이에요
모닝콜처럼 발라 주는 생선처럼 일어나고 누울 때

지붕을 뒤지는 새의 눈은 어두워지고,

동그라미를 그리는 뱀의 징후일까요
달리다 넘어진 얼음 트랙의 징후일까요

자주 풀리지 않는 길을 놓고 싸웠나요
마주치면 깜깜해지던 안구들
냄비에서 아침이 탔었나요

엄마
꼬깃꼬깃해진 창문을 털면 아이와 부딪쳤던 악다구니

들이 쏟아져요

지붕들은 어디론가 날아가고 있어요

음복

당신은
짧은 인사말의 문장으로
뒤꿈치를 든 이슬비의 무게로
지나갔으면 좋겠어

우리의 규칙이 모두 사라지고
몸이 그늘로 덮여도
살짝 윙크를 날리며
사뿐 날아오르는 것처럼

이곳저곳
떠난 자리가 남아 있는 자리를 침범해도
어느덧
밤이 깊어 가는 것처럼
늙어 가는 것처럼

그러니까 이런 봄밤
어깨를 기대 오는 창문이었으면
라일락을 흔들고 가는 바람이었으면

정교한 진행형의 자기 갱신

이병국(시인·문학평론가)

1.

자기 갱신의 측면에서 성장은 어떤 상태에서 다른 상태로 이행함으로써 하나의 층위를 뛰어넘어 세계를 사유할 능력을 지니게 된다는 것을 의미한다. 그것은 외부 세계에 대한 특정한 경험에서 비롯되기도 하지만, 세계와 주체의 간극으로부터 감각되는 정서적 충격에서 비롯되기도 한다. 외부와 내부 사이의 간극은 세계를 인식하는 주체에 내속되어 있어서 이를 시로 표현할 때, 시는 세계의 조각을 재구성하여 드러내기보다는 주체의 내면에 "먼 세계를 끌어들여 희석시"(「개인용 옥상」)킴으로써 실제의 내가 하나의 위치에서 다른 위치로 이동할 수 있는 계기를 마련한다. 이때 나는 삶이 일상이라는 틀 속에서 당연한 방식으로 영위되는 것이면서도 언제든 그 틀을 깨고 변화할 수 있는 잠재태로 존재함을 알게 된다. 이는 언제든 상태와 동작이 교차하며 내적 확장성을 지닌 가능성으로 삶을 재구할 수 있도록 이끈다. 성장이란 단순히 나이가 들어 세포의 개체 수가 늘어나는 것이 아니라 다시 새로워지는 상태로 이행하는 동작을 수반하여 삶의 층위를 달리하는 것이기 때문이다.

그런 점에서 선행되어야 할 것은 현재의 상태를 정확하게 인식하는 것이라 할 수 있다. 그러나 현재는 언제나 감각적 경험 속에서 진행되고 있기 때문에 이를 정확하게 파악하기란 어렵기만 하다. 결국 현재의 상태는 과거의 경험으로부터 발생한 간극을 앎의 대상으로 치환하여 의미를 부여함으로써 겨우 엿볼 수 있는 것이 된다. 현재를 정확하게 인식해야 한다는 말은 그것의 불가능성을 수용해야 함을 뜻한다. 하지만 여기에서 멈춘다면 당연하게도 자기 갱신역시 불가능하다. 지금-여기의 삶은 늘 동작을 포함한 상태임을, 언제나 진행형의 구성임을 지각하여 파악한다면, 시간의 흐름 속에 위치한 나의 현재와 그것을 중심으로 과거를 재인식하여 미래의 가능성을 품어 볼 수 있을 것이다.

김유미 시인의 첫 시집 『창문을 닦으면 다시 생겨나는 구름처럼』은 끊임없이 자기 갱신을 추구하는 시편들로 가득하다. 앞에서 이야기했듯 자기 갱신은 단순한 성장을 의미하는 것이 아니다. 그것은 삶의 층위를 달리하고자 하는 능동적 행위를 내포하고 있으며 세계와 주체의 간극을 인식하여 새로운 '나'의 현재적 위치와 미래의 장소를 모색하는 수행이다. 김유미 시인은 갱신의 시적 수행이 어떠한 방식으로 진행되어야 하는지 잘 알고 있는 듯하다. 서툴게 현재를 긍정하거나 과거를 해석함으로써 자신을 기만하지 않거니와 장밋빛 미래를 꿈꾸며 헛된 희망을 품지 않는다. 정확하게 지금을 응시하고 시에 담아 자기 갱신의 촉발로 삼는다. 불가해한 세계에 반응하는 주체의 자기 응시는 정서적 측면에서 비극을 확대재생산하는 데 그칠 위험이 있다. 그런 점에서 김유미 시인의 응시는 파토스에 매몰되지 않은 채 시간을 복기하며 언어에 대한 실험적 자의식에 휩쓸리지 않으면서도 낯선 방식의 독법을 보여 준다. 시인의 전기적 고백이나 자기 전시의 감각적 향연은 김유미 시인과 무관하다. 세련된 언어적 세공을 통해 주체의 감정 상태의 기원을 살펴보는 시편들은 담담하여 오히려 자극적이다. 그러한 시들을 읽어 보도록 하자.

2.

꽃들은 지고 옥상이 떠오른다
저녁은 가만히 내려앉아

너를 잠재울 수도 너를 깨울 수도 있는
사물이 울 수도 사물이 웃을 수도 있는
질서를 꾸미고

나는 가만히
바닥을 뒤집어쓴 너를

집게가 물고 있는 빨랫줄의 성질을
익히고 있다

다 증발한다는 사실에 주목할 때

소리치고 싶은 너는 너대로
울음을 물고 있는 집게는 집게대로
먼 세계를 끌어들여 희석시키고 있다

—「개인용 옥상」전문

이 시 전체의 정황을 단번에 파악하기란 어렵지 않다. '옥상'이라는 공간과 "집게가 물고 있는 빨랫줄의 성질"을 지닌 "바닥을 뒤집어쓴 너"의 속성을 통해 '나'의 세계 인식을 보여 주고 있음을 파악할 수 있다. 그러나 시인은 이를 편안하게 소비하는 것을 거부한다. "너를 잠재울 수도 너를 깨울 수도 있는/사물이 울 수도 사물이 웃을 수도 있는" 가능성은 어떤 '질서'를 경유해야만 한다. '너'가 꾸민 질서는 자연적 법칙에 근거한 '사실'에 기반을 두고 있다. 그러나 "바닥을 뒤집어쓴 너"는 "소리치고 싶"어도 그럴 수 없어 "울음을 물고 있"어야 한다. 이미지를 적재한 각 연의 구문들은 "질서를 꾸미고" 그 질서를 익혀야만 비로소 감각할 수 있는 현재의 '나'를 형상화한 것으로 읽을 수 있겠다. '너'에게 투사된 '나'는 소리치고 싶고 울고 싶지만, 그것을 참고 감정을 붙잡아야만 버틸 수 있다는 셈이다. 이를 세계를 배우는 과정이라고 할 수 있지 않을까. '나'는 "먼 세계를 끌어들여 희석시"킴으로써 세계 속의 '나'의 상황을 파악하여 갱신의 가능성을 인지하는 중이다. 그것은 누구와 나눌 수 있는 동작, 즉 행위가 아니다. 온전히 자신이 감당해야 하는 행위이자 그로부터 도약해야 하는 지향의 출발인 셈이다.

그럼으로써 "바닥을 뒤집어쓴 너"는 단순히 억압된 존재, 세계로부터 특정한 위치를 강제된 존재로만 보아서는 안 된다. 오히려 "더 큰 사과가 되"기 위한 "잠재적인 사과"이자 "당연한 사과"라 볼 수 있다(「세비야 남자」). 더 큰 사과가 될 확장성을 지닌 가능성으로서의 잠재태라고 할 수 있겠다.

자기 갱신으로서의 가능성, 그 잠재태는 잠재적인 측면에서 구체성이 결여된 점을 문제 삼을 수 있으나 능동적 행위는 몸을 사용하여 공간을 이동하는 것을 의미하지 않는다. 그것은 과거와 현재, 미래로 이어지는 시간과 접촉하여 그 모양을 변형하고자 하는 것이 아니라 접촉면이 야기하는 열기를 민감하게 감각하는 데 집중하도록 만든다.

안쪽에서 고요해졌다
냉장고가 세계의 전부인 듯
내부가 되었다

(중략)

두드려도 발끝이 열리지 않는 곳까지 가면
활짝 핀 꽃이 보관되어 있다
냉장고 문을 닫는다

—「곰팡이꽃」 부분

문을 열면
깨물다가 삼킨 우리의 말이
만지작거리다 놓친 우리의 약속이
발효되고 있다

오늘은 방이 되고 내일은 감옥이 될 수 있는 범위

—「작약」 부분

　갱신은 자신을 가두어 스스로 '곰팡이꽃'을 피우는 저 절
대적 고요에의 침잠에 있다. "카페에 마주 앉아 깔깔거리
고/손바닥을 맞대어 지문을 나누"(「곰팡이꽃」)어도 그것은
"서로에게 가장 얇은 표정"(「작약」)만을 드러내는 것이어서
너와 나는 조우하지 못한다. 관계의 목적지가 분명해 보이
지만 그것은 현재로 이어지는 시간의 층위에서 연속된 것
일 뿐, 정작 자신을 내려놓지 못하는 관계를 지속하고자 하
는 "얇은" 기대에 불과하다. 그 기대는 '나'에게 위안이 되
기도 하나 역설적으로 그 범주 안에서만 '나'와 '너'를 상상
하게 하는 제약이 되기도 한다. 그러므로 내부를 관통할 수
있으리란 기대는 무참히 깨진다. '오늘의 방'은 '내일의 감

옥'이 될 위험이 농후하다. 결국 바깥에 자신을 내몰게 되는 상황에 처하고 만다.

그런 점에서 자기 갱신은 "과녁을 찾지 못하고 묵묵해지는 상처들"인 과거로부터 "먼지를 뒤집어쓰고 숨 쉬고 있는"(「수납장의 규칙」) 현재까지 '나'를 '나'이게 만드는 시간의 경사(傾斜)를 감당해야 하는지도 모른다. 미끄러지는 시간을 고정시킬 수는 없지만 그것이 누적되어 쌓이는 행간을 읽어 내는 것이 시인의 일일 것이다. 흥미롭게도 김유미 시인은 그 시간이 켜켜이 쌓인, 부재의 흔적을 견고하게 붙든다.

절대적 고요가 냉장고 안에서 '곰팡이꽃'을 피워 내는 것과는 달리 "의자는 숲인 것처럼 포괄적으로 놓여 있다". "발굴한 유해들의 합동 영결식"에 놓인 의자는 지금은 부재한 존재들을 위한 자리이다. 이 의자는 비어 있지만 누적된 시간의 자리이기에 있지 않으면서도 "비워지지 않는 견고한 의자"가 된다.(「누군가는 떠나고 무언가는 남는다」) 과거의 존재를 현재의 부재 속에 채워 견고한 의자는 "목적지를 증언"한다. 애써 이름을 부르지 않더라도 그 "이름을 향해 손을 한 번 흔들어" 보는 것만으로도 충분한 순간이다.(「백 년 후」)

여기에 도달하려고
우리는 벤치를 놓았다

이곳 벤치가 사라져 주길 바란다
파손된 바람으로 수취인 불명으로 반송되길 바란다

그런데 벤치는 영원해서 뜨거워지고 있다

—「내일의 지번」 부분

의자는 목적지를 증언하며 포괄적으로 놓여 있다. 그곳
에 도달하기 위해 우리가 놓아둔 벤치는 "영원해서 뜨거워
지고 있다". 벤치에 앉은 우리는 "일억 광년 전에서 온 부
고"와 그 안의 문장과 켜켜이 쌓인 그림자를 감각한다. 벤
치가 사라지길 소망한다 해도 벤치는 벤치로 있다. 내일로
향하는 길은 어제의 시간을 삭제하는 것이 아니라 그것을
감당하고 손을 흔들어 마주하는 데에서 시작한다. "헛배를
앓으며 앉아 있"어야 한다. 무엇을 감각하든 협소한 시야
는 제한된 감각을 불러올 뿐이라서, 시간의 깊이를 사유하
지 못한다면 길을 떠나지 못할 수도 있기 때문이다. 어쩌면
이는 그저 그 상태로 이미 전제된 현재의 삶인지도 모른다.
이를 돌파하기 위해 김유미 시인은 골목을 사유한다.

3.

위에서 살펴본 김유미 시인의 자기 갱신의 사유는 시간
의 축을 감당하는 시편들을 통해 엿볼 수 있다. 그것은 과
거로부터 현재까지 지속되는 경험적 인식 구조 속에서 자
신이 견뎌 내어야 하는 삶의 깊이를 응시하는 태도로부터
비롯되었다. 한편으로 자기 갱신을 가능하게 하는 시간은
지금-여기의 '나'를 둘러싼 세계를 수용하는 상태를 돌아보
게끔 한다. "자두라는 관습을 익히"고 "울음을 삼키면 물러

지는 나무가 생"긴다는 것을 받아들이며, "서쪽까지 자라"
나는 그림자를 인식함으로써 "온몸이 붉어지는 생"의 "첫
발을 떼"도록 이끄는 것이야말로 세계 속에서 주체가 되는
'나'의 양태를 확인하게 한다.(『자두』) 그러나 이는 문밖을 배
회해야 하는, 길을 잃어 정박할 수 없는 존재를 증거하는
것일 수도 있다. 그런 이유로 '나'는 '골목'을 마주하고 사유
하며 나아간다.

줄어들거나 늘어나는 신축성의 기원

골목이 마당까지 뻗어 온다

둘이라는 구조 중에서
벽들을 허물어 버린다면
그것은
사라지는 것일까 확장되는 것일까

소리 지르는 고함으로
흐느끼는 등으로
기침하는 창문으로
벽을 쌓아 올리지만 않았어도
오래 머물렀을지도 모른다는 말

진실이 거짓을 뒷받침했다

네가 사라진 것은

짧아진 골목과 커져 버린 주먹

손가락이 가리키는 모퉁이나 그늘처럼 견고한 내성

자라는 넝쿨이나 다리가 되어

감았다 풀어놓는 진행형으로 성장한다

　　　　　　　　　　　—「골목의 효능」 전문

　의자와는 달리 골목은 '나'를 둘러싼 시간이 "줄어들거나
늘어나는 신축성의 기원"으로 작용한다. 그것은 '나'를 사라
지게도 확장하게도 한다. 물론 골목은 양쪽에 벽을 두어야
만 가능한 공간적 특성을 지니고 있기 때문에 관념적인 길
과 달리 구체적인 양상으로 '나'에게 영향을 미친다. 골목은
벽을 통해 구축된 공간이라는 점을 고려할 때, 벽이 허물어
지는 것은 골목이 사라지고 확장된 형태의 무엇인가로 남
는다는 것을 의미할 수 있다. 반대로 벽이 없다면 골목은 존
재하지 않는다. "벽을 쌓아 올리지만 않았어도/오래 머물렀
을지도 모른다는 말"은 골목의 속성을 생각하면 앞뒤가 맞
지 않는 말이 된다. "진실이 거짓을 뒷받침"하는 셈이다.
　골목은 벽으로 구성되며 벽을 쌓아 올린 시간의 흔적으
로 기능하는 장소라고 하는 것이 옳겠다. 골목을 골목이게
하는 벽은 의자에 앉아 "술병을 뒤집는 아버지 거기 앉아
우는 어머니"가 있던 '나'의 "내력"을 안쪽에 두고 있다(「연필

의 영구성」). 그러므로 벽은 '나'와 세계가 접촉하여 생긴 관계의 충위이기도 하다. 그것을 허물어뜨리는 것은 어렵다. 이 행위는 과거와의 결별을 의미하며 축적된 시간을 거부하는 것을 의미하기 때문이다. 그러니 '나'에게 주어진 길은 '나'의 기원을 수용한 채 골목을 따라 나아가는 것이다. "마당까지 뻗어" 있는 골목은 "세계를 채우던 개체들이 떠난 자리"(「의자의 현재형」)로부터 "독해되지 않는 내용물"(「술래」)로서의 '나'의 문장을, 삶을 완성하기 위해 따돌려야 하는 기록이 된다. 따돌린다는 것은 그것을 무시하거나 외면하는 것을 뜻하지 않는다. 자기 갱신이란 마침표를 찍을 수 있는 문장이 아니어서 이어지고 이어지는 삶 속에서 지나온 길을 바탕으로 생성되고 축적된다. 이는 그 축적된 기록을 바탕으로 현재의 '나'가 과거로부터 지속된 상태임을 인식하도록 이끄는 정교한 '진행형'의 성장 과정인 셈이다.

그러나 이러한 과정이 미래의 장소로 나를 옮겨 놓음으로써 새로운 가능성을 담보하지는 못한다. 과거의 내력으로부터 탈주하고 싶은 오래된 꿈은 지금-여기의 순간을 거쳐 미래로 나아가야 하지만 미래는 실체화된 구체가 아니기에 "없는 강을 건널 때마다 젖은 신발을 신는"(「강」) 것과 같이 실재한다는 가정을 붙들 수밖에 없다. 그러므로 성장과 자기 갱신의 몫으로 "어느 곳으로도 닿을 수 없는/누구에게도 줄 수 없는 그림자를 놓아두고", "묵묵해지는 저녁"(「그림자를 놓아두고」)을 감당해야 하는 것이 삶이라는 여정이라고 시인은 말하는 것이 아닐까.

서쪽이 몰려와 저녁을 지피고 있었다

굴뚝에서 피어오르는 연기를 보았을 때,
두 눈에서 켜지던 세계

팔을 휘저으면 고인 흐느낌들이 발목도 없이 걸어 나왔다

누가 사는 몸이었나?

겨울이 두 살을 밀어 올렸고 손가락 사이에서 나무가 자
라나 바람을 흔들다 떨어뜨리곤 했다

한 발짝 두 발짝
유목의 길에서 만난 생의 난간
그 위에서 나를 부축하던 질서들
살들이 외로워서 흘릴 게 많아졌다

왼쪽 눈을 감으면 오른쪽 눈이 아팠다

찌익 늘어나는 솜사탕도 있고
쑥쑥 깊어지는 울음도 있다
부력의 날들이 공중으로 부양되었다

어디까지 갔니?

여기까지 왔다

발자국이 번지는 소리가 되어

해 질 녘까지 치솟는 그네

—「연기의 지점」 전문

'나'는 도무지 알 수 없는 세계 속에서 자신의 위치를 더듬는다. 이미 너무 멀리 와 버린 시간의 축 위에서 "집들의 곁"(「생일」)을 감각할 수 없는 '나'는 '나'로 명명되지 못한 채 끊임없이 골목의 모퉁이를 돌아야만 하는 존재인지도 모른다. "죽은 언니의 호적을 물려받은" '나'는 "나를 여닫다 희미해지곤" 한다(「창문을 닦으면 다시 생겨나는 구름처럼」). 희미하게 인식되는, 그 확신할 수 없는 존재의 호명에 실패할 수밖에 없는 것이 '나'라는 존재일 것이다. 그런 점에서 '나'는 "생의 난간" 위에서 고통을 경험할 수밖에 없다. 「연기의 지점」은 '나'를 둘러싼 세계의 과거를 추모하며 미래를 고독하게 응시하는 시처럼 읽힌다. 파스칼 키냐르가 말했듯이 '고체 상태의 침묵'을 감당하는 순간처럼 말이다.

'저녁'은 하루가 끝나지도, 새로운 시간의 층이 시작되지도 않는 순간이 정박된 지속이라 할 수 있다. '나'는 정주하지 못하고 흩어져 버릴 연기를 따라 서성이거나 배회할 따름이다. 시간은 '나'를 배려해 주지 않아 늘 부양된 상태로 내몬다. 자신이 감당해야 할 모든 순간을 연기(延期)하고 싶지만, 그럴 수 없는 것이 어쩌면 당연한 것이겠다. 그럼에도 저녁을 지필 수밖에 없는 것은 여기까지 온 것만으로 생을 소진한 듯한 기분이 들기 때문이다. 발자국으로 남은 흔적이 번지며 유년의 한때로 '나'를 이끈다. '나'는 "누가 사는 몸이었나?" 이 질문에 답을 하기는 요원하기만 하다. 그럼에도 분명한 것은 '나'는 내가 사는 장소라는 점이다. 그것은 내가 지켜야 하는 세계이며 이를 토대로 앞으로 나아가야 한다. 간혹 "해 질 녘까지 치솟는 그네"처럼 삶을 되돌릴 수 있을 것도 같지만, '나'는 뒤돌아 갈 수 없다. 해가 지고 나서도 '여기'가 아닌 '저기'로 발걸음을 지속해야 한다.

다른 한편에서 '나'는 "기울어지지 않고 멀어지지 않"은 채 "고체가 되어" "자라지 않는 아이"로 머물러야 하는지도 모른다(「교실」). 골목을 지나 멀리 간다 해도 멀어진다는 것은 불가능한 일일 수도 있다. 시간의 축에서 벗어날 수 없는 것처럼, 그저 "겨울의 굴뚝과 연기가 포장된 저녁" "첫발을 떼어 문밖을 내딛는 아이"(「소포」)의 감각으로 "혼자서 가다가 뜨거워져서 우는 낯섦"(「누군가 부르는 내 이름이」)을 받아들고 오래 떠돌아야 하는 것이 우리의 삶인 것처럼 말이다. 우리가 감각하는 자기 갱신의 최종 목적지가 주관적 이상의 형태로 저기 어딘가에 존재한다는 가정은 결코 현실에서 실현될 수 없는 불가피한 진실이다. 김유미 시인의 시가 재현하는 진실이 바로 여기에 있다.

4.

그러나 이 진실이 갱신의 불가능성을 증거하진 않는다. 최종 목적지는 세상 어디에도 없음을, 그것은 그저 이상에 기반을 둔 상상에 다름 아니라는 점이야말로 시인이 기록하는 진실에 맞닿아 있다. 특히 제3부와 제4부의 시편들은 고립된 존재, 억압된 존재로서의 여성을 다루며 이를 분명히 한다. 세계와 주체의 간극은 경험적 층위에서 감각된다. 이는 자기 갱신의 가능성을 불러오지만 한편으로 완결된 형태를 그려 볼 수 없다는 점에서 문제적이다. 그런 점에서 앞에서 살펴본 제1부와 제2부의 시편들은 제3부와 제4부의 시편들 속에 재현된 존재가 벽으로 상징된 억압적 관계로부터 문을 열고 골목으로 나가 바람을 타고 구름이 되어 가는 험난한 여정처럼도 읽힌다. 「고스트 신드롬」에서 볼 수 있듯, 딸과 엄마라는 거울쌍은 여성으로서의 삶이 그 자체로 존재하는 삶이라기보다는 다른 존재를 위한 수단으로 존재하고 있다는 그 부당함을 폭로하기도 한다. "여자를 벗어 내고 나"와야 비로소 가까워지는 '나'를 마주할 수 있는 것일까. 이는 쉽지 않다. 그렇기 때문에 "어머니는 아직 골목을 빠져나가지"(「부재」) 못한 채 주어진 역할을 지속해야 하는 존재가 된다.

역설적이게도 여행지에서 일행을 놓쳐 정처 없이 돌아다닐 수 있는 순간, "발끝은 건물들과 함께/한 발 두 발 붕괴"(「어디인가요」)되어 시간의 흐름을 바꾸는 찰나가 되기도 한다. '나'의 부재, 혹은 어디론가 날아가고 있을 엄마의 부재는 누적된 권력 관계로부터 벗어날 미래의 가능성을 염원하는 태도인 셈이다. 그 가능성을 이끌지 못한다면 삶은 짓무를 위험에 노출될 따름이다.

숨을 쉬기 위해

처음 보는 풍경을 받아 적고 있다

처음 서는 절벽을 부숴 먹고 있다

—「자율신경실조증」 부분

저 시간의 층위는 누군가의 희생을 강요하기도 한다. 희
생양으로써 존재하는 대다수는 "막다른 골목"(「맹고는 괜찮아
요」)으로 내몰린다. 내몰린 존재, 익숙하게 길들여지는 존재
는 숨을 쉬기 위해서라도 골목을 벗어나 더 나아가야만 한
다. 견고한 세계 속에서 주체는 실존의 위기를 타파하려 한
다. 그렇지 않으면 숨조차 쉴 수 없기 때문이다. 그러나 이
미 "열병을 앓아 소리를 모두 삼켜 버린 그녀"로 내몰린 상
황임을 간과할 수는 없다. 자신의 현 상태를 똑바로 응시하
고 여기까지 '나'를 지탱해 온 "생의 난간에 매달린 자세로
소리들을 채"워(「소리의 거처」) "골목에 흩어진 우리의 노래
가/빗자루에 쓸려 가"(「오늘의 내부」)더라도 자신의 목소리를
내어야 한다. 그럼으로써 세계와 주체의 간극에 놓인 자신
의 현재를 앎의 대상으로 치환하여 자신의 현재와는 다른
미래의 장소를 발견해야 한다. "처음 보는 풍경을 받아 적
고" "처음 서는 절벽을 부숴 먹"는 행위는 고통을 동반하지
만, 갱신과 성장의 가능성을 지닌 존재로 자신을 자리매김
하기 위해서 꼭 필요한 과정이라 할 수 있다.

김유미 시인의『창문을 닦으면 다시 생겨나는 구름처럼』
은 보편적 자기 갱신의 가능성 속에서 여성으로서 경험하

게 되는 세계의 폭력으로부터 벗어날 수 있는 다른 형태의 갱신을 모색하는 시집이라 할 수 있다. 또한 여기에서는 다루지 못했지만, 그런 모색의 과정을 은유와 환유의 수사적 장치로 절묘하게 형상화하고 있는 점은 눈여겨 읽어 볼 만하다. '음복'으로 은유된 행위처럼 이 시집은 기존의 것을 답습하고 유지하려는 규칙을 떠나보내며, 새로운 방향을 향해 한 걸음 더 자기 갱신하는 그 전위에 설 것이다.